TRANSAS & TRAMAS

Contos de Amor Novo

Edson Gabriel Garcia

Ilustrações: Débora Camisasca

13ª EDIÇÃO

Conforme a nova ortografia

Copyright © Edson Gabriel Garcia, 1990.

SARAIVA S.A. Livreiros Editores
Rua Henrique Schaumann — Pinheiros
05413-010 — São Paulo — SP
Fone: (0xx11) 3613-3000
Fax: (0xx11) 3611-3308 — Fax vendas: (0xx11) 3611-3268
www.editorasaraiva.com.br
Todos os direitos reservados.

Dados Internacionais de Catalogação na Publicação (CIP)
(Câmara Brasileira do Livro, SP, Brasil)

Garcia, Edson Gabriel, 1949-
  Contos de amor novo/Edson Gabriel Garcia.—3. ed. rev. e ampl.
— São Paulo : Atual, 1991. — (Série Transas e Tramas)

  Inclui proposta de trabalho
  ISBN 978-85-7056-325-5

  1. Literatura infantojuvenil 2. Livros de leitura I. Título. II. Série.

91-0052   CDD-028.5

Índices para catálogo sistemático:
1. Literatura infantojuvenil   028.5
2. Literatura juvenil   028.5

Série **Transas & Tramas**
Editora: Samira Youssef Campedelli
Assistente editorial: Henrique Félix
Preparação de texto: Renato Nicolai
Revisão: Pedro Cunha Jr. e Lilian Semenichin (coords.)
Diagramação e arte: Tania Ferreira de Abreu
Produção gráfica: Antonio Cabello Q. Filho / Silvia Regina E. Almeida
José Rogerio L. de Simone
Projeto gráfico: Sérgio Fernando Luiz
Roteiro de leitura: Cândida B. Vilares Gancho
Composição: Linoart Ltda. / AM Produções Gráficas Ltda.
Fotolito: Binhos/H.O.P.

13ª edição / 5ª tiragem
2012

Visite nosso *site*: www.atualeditora.com.br
Central de atendimento ao professor:
0800-0117875

Contos de Amor Novo
Edson Gabriel Garcia

UMA PROPOSTA DE TRABALHO

Nome: _____

Escola: _____ Grau: _____ Ano: _____

Contos de Amor Novo, de Edson Gabriel Garcia, são dez pequenas histórias saídas do cotidiano adolescente, por isso mesmo marcadas pelas descobertas, pelas emoções e pelo humor leve. Provavelmente, quando as leu você deve ter se identificado com algum episódio ou personagem. Vamos conhecer mais de perto esse universo adolescente.

I — ANÁLISE DO TEXTO

Os contos

1. Associe o nome do conto a uma frase que, de certa forma, resuma a história ou seja representativa dela:

   a) "Meleca"
   b) "Nunca mais"
   c) "Planos"
   d) "Questão de prática"
   e) "As cartas não mentem jamais"
   f) "Clip"
   g) "Esperando Ricardo"
   h) "Meu corpo meu herói"
   i) "Enfim"
   j) "Um jeito de dizer que gosto de você"

   ( ) "Por que você não fala pessoalmente as coisas que está sentindo, em vez de mandar recados?"
   ( ) "Acho que não podemos."
   ( ) "Há quem diga que foi justamente aquele espinho o causador do baita carinho que um carregou pelo outro."
   ( ) "Ah, ele viu pela televisão."
   ( ) "Claro, se hoje ainda era quarta-feira, não havia por que esperar Ricardo, pois a festa da escola estava marcada para quinta e não para quarta-feira."
   ( ) "Enfim cada um tem a meleca que merece."
   ( ) "Alheia, a vida punha e dispunha, senhora absoluta da história das pessoas."
   ( ) "Quem ri por último ri melhor."
   ( ) "Eu sei, e uma coisa não tem nada a ver com a outra. Você não quer tentar, Silvana?"
   ( ) "Exatamente. Foi aí que me veio à cabeça a ideia meio maluca de fazer um striptease."

2. Dado o tema aponte o nome do conto:

a) O destino: _____ _____

b) Atração por pessoa do mesmo sexo: _____

c) Declaração de amor: _____

d) Conflito entre ficção e realidade: _____

3. Explique o significado dos títulos em relação ao assunto ou à estrutura dos contos abaixo:

a) "Nunca mais": _____

_____

_____

b) "Clip": _____

_____

_____

c) "Meu corpo meu herói": _____

_____

4. Com qual das histórias você se identificou mais? Por quê?

_____

_____

_____

_____

_____

_____

Tempo

Diz-se que o tempo é cronológico quando os acontecimentos são narrados na dem natural em que ocorreram. Diz-se que o tempo é psicológico quando as emoçe dos personagens alteram a ordem do tempo, fazendo com que ele pareça ir mais depre. sa ou mais devagar. Um exemplo de tempo cronológico seria o conto "Esperando Ricardo". Apesar do personagem ter se equivocado quanto à data, percebe-se que os fatos se sucedem na ordem natural dos acontecimentos; isso fica claro nas expressões "Às sete e quinze, as quinze para as oito, às oito e trinta, etc.

11. Apresente outro exemplo de tempo cronológico.

12. Diga o nome de um conto em que predomine o tempo psicológico.

Ambiente

13. Podemos dizer que todas as histórias se passam num mesmo ambiente. Para caracterizá-lo melhor observe os itens abaixo:

a) Lugar onde ocorrem os fatos? (cidade ou campo?)

b) Classe social da maioria dos personagens?

14. Um outro aspecto relevante quanto ao ambiente é o clima psicológico. Nesse sentido associe o clima psicológico ao conto:

a) erótico	( ) "Clip"
b) alucinado	( ) "Meu corpo meu herói."
c) atração intensa, irresistível	( ) "Enfim"
d) humor, situaçaò inesperada	( ) "Questão de prática."
e) romântico	( ) "Nunca mais."

Narrador

Chama-se **ponto de vista do narrador** ou **foco narrativo** a posição que ocupa o narrador frente aos fatos (primeira ou terceira pessoa).

rsonagens

Os personagens dessas histórias são em sua maioria adolescentes comuns, isto é, ão apresentam características heroicas.

7. Associe o personagem às características dadas abaixo:

a) garota de mais ou menos quatorze anos nem feia nem bonita, nem chata nem interessante, nem rica, nem pobre, nem isso nem aquilo. Tem a mania de tirar melecas do nariz.   ( ) Samuca

b) "Não era bem o tipo de cigana-cartomante que Silvana esperava (...) era baixinha e magra, extremamente simpática e vestia-se como uma dona de casa comum, cheirando a alho e cebola."   ( ) Dona Rosa

c) "Rosto redondo extremamente delicado e bonito, não tinha nenhuma penugem; os olhos mansos e os cabelos graciosamente compridos eram de moça."   ( ) Ritinha

8. No conto "Esperando Ricardo", o narrador afirma que os personagens Ricardo e Patrícia se amam mas são muito complicados. Ricardo é um poço de

_____ e Patrícia um _____ de dúvidas.

9. Preencha o quadro abaixo apresentando a principal característica de cada personagem e o seu destino no fim da história.

Personagem	Característica Principal	Destino
Paula e Alexandre ("Planos")	_____	_____
Márcio ("Clip")	_____	_____
Daniela ("Meu corpo...")	_____	_____
Geleia ("Enfim")	_____	_____
Tatá ("Um jeito de dizer que gosto de você")	_____	_____

10. Em que história os personagens não apresentam nome? (São apenas chamados de Ele e Ela).

_____

_____

Enredo

     Todas as histórias têm um começo ou apresentação, um desenvolvimento dentro do qual se acha o clímax e um desfecho ou final. O clímax é o momento culminante de uma história, depois do qual vem o desfecho.

5. Aponte o clímax dos contos abaixo:

a) "Meleca": _____

_____

_____

_____

b) "Esperando Ricardo": _____

_____

_____

_____

c) "Meu corpo meu herói": _____

_____

_____

6. De modo geral os contos deste livro têm desfechos felizes; aponte dois contos nos quais os desfechos sejam no mínimo frustrantes para os personagens envolvidos:

_____

_____

15. Aponte o foco narrativo dos contos abaixo:

a) "Nunca mais": _____

b) "Meleca": _____

c) "Questão de prática": _____

d) "As cartas não mentem jamais": _____

e) "Um jeito de dizer que gosto de você": _____

II — ENRIQUECIMENTO E INTEGRAÇÃO

16. Proposta de pesquisa: amor e sexo na adolescência
- Procure buscar opiniões científicas (médicos, psicólogos).
- Você pode também fazer uma pesquisa de opinião na sua rua, no seu colégio so bre o que pensam as pessoas a respeito do tema.
- Em seguida, converse com seus colegas, troque ideias, emoções, experiências e con clua: quais são as posições predominantes, no meio em que vocês vivem, a respei to do tema amor e sexo na adolescência?

17. Debate: Você acha que a amizade pode se transformar em amor, ou são coisas to talmente diferentes?
Para esquentar o debate aí vão algumas questões:
- O que há de diferente entre amor e amizade?
- O que há de semelhante entre o amor e a amizade?
- O que é mais importante para você: amor ou amizade?
- Você já se apaixonou por um amigo (uma amiga)? Que tal a experiência?

III — REDAÇÃO

18. Elabore uma narrativa que tenha como clímax um fato surpreendente, assim com no conto "Meu corpo meu herói".

19. Elabore uma narrativa baseada em bilhetes, assim como no conto "Enfim".

20. Temas para dissertação:
a) as várias formas de amor.
b) a relação entre amor e amizade.

21. Você gostou do livro *Contos de Amor Novo*? Por quê? Se quiser, manifeste sua opinião a respeit do livro escrevendo para o autor, no e-mail: paradidatico@editorasaraiva.com.br.

SUMÁRIO

Pai, acho que estou 1
Nunca mais 7
Planos 12
Questão de prática 17
As cartas não mentem jamais 21
Clip 27
Esperando Ricardo 30
Meu corpo, meu herói 36
Enfim 43
Um jeito de dizer que gosto de você 50
Meleca 57
Revelação 63

*Para Ines Rosanna, Dulce Adorno e Graça Segolin,
estes contos de amor novo,
que a vida também se renova pelo amor.*

Pai, acho que estou...

F az pouco tempo que me dei conta. Coisa de dias. Dez ou quinze, não mais que duas semanas. Desde então fiquei com esta estranha mania de conversar com o pequeno espelho arredondado que tenho sobre o móvel do quarto. Descobri as duas coisas quase ao mesmo tempo: o problemão e a possibilidade de conversar com o espelho. Quando olho para a moldura arredondada e vejo bem nítido meu rosto, os olhos levemente castanhos, os cabelos curtos, o nariz imperfeito e os lábios finos, me vem aquela vontade incontrolável de conversar. Então...
— Como está você, hoje, garota?

— Assim, assim... nada de novo no *front*.

— Já está mais conformada com a descoberta?

— Um pouco...

— Um dia não será só um pouco, será muito. E aí você verá que nem tudo é ruim.

— Não acho ruim. Apenas esquisito, indesejado, bastante... Não era hora.

— Tem que ter hora para as coisas acontecerem?

— Não sei. Acho que sim. Minha mãe sempre diz que "pra tudo tem hora certa".

— Mãe nunca fala coisa errada?

— Talvez, mas a minha mãe não. Parece ter toda a certeza do mundo.

— Bobagem, garota. Erra, como todo ser humano.

— Gente grande erra menos, espelho.

— Bobagem das grandes, garota. Erra mais, muito mais. E sabe por quê?

Eu não queria saber. Talvez outro dia, outra hora. Eram quase oito horas da noite. Estava frio. Frio gostoso de inverno que vinha chegando. Dali a pouco viria o chamado dela, intimando para o jantar, com meus dois irmãos e meu pai. Coisas de família.

Voltamos a conversar outro dia.

— Sabe por quê, garota?

— Não, não sei...

— Porque gente grande não sonha. E, quando sonha, sonha um sonho tão reprimido...

— E que tem isso a ver comigo?

— Muito. Isso de você guardar sua descoberta só pra você. De medo de não estar fazendo a coisa certa e ser repreendida e castigada por sua mãe.

— Que coisa mais estranha, espelho!

— Estranha ou não, peço que você pense nisso.

— Prometo que pensarei.

2

— Não... não... pense agora.

— Está bem! Estou pensando.

— E então?

— Então, o quê?

— O que você me diz?

— Do sonho? Nada. Não dá pra falar em sonho e eu com esse baita problema...

— Problema, nada! É bonito...

— Não é.

— Vai ser... vai ser... você vai ver. É bonito, acontece com todas as mulheres. E sabe o que mais? Todas elas ficam incrivelmente mais bonitas quando estão...

— Pois é, aí está o erro.

— E qual é o erro?

— Eu ainda não sou uma mulher...

— Ora, garota, não brinque comigo. E esses olhos vivíssimos, esse coração batendo a mil por hora, esse corpo inteiro esperando... Não me venha com essa!

— Só tenho dezesseis anos.

— É idade de moça...

— Mas é muito cedo.

— Não se faça de ingênua, agora. Então você não sabia?

Claro que sabia. Mas a culpa não era só minha. Tinha um dedo do Cleber. Dedo só, não. Dedo, mão, braço, perna, cabeça, coração. No começo ele se aproximou de mansinho. Pediu caderno emprestado. Eu estranhei. Caderno para quê, ele não fazia nada na classe!? Queria passar a limpo alguma matéria que tinha perdido. Eu, tola, emprestei o caderno, emprestei livros, anotações, dei aulas de graça, dei atenção, fui dando tudo o que ele pedia, fui dando...

3

Nova conversa.

— Por quê? Precisava ser assim?

— Um pouco é jeito meu. Você me conhece e sabe que eu não consigo negar.

— Negar caderno, negar ajuda a um colega é uma coisa... agora, não é possível ir dando tudo assim...

— Também não foi desse jeito que você está pensando!

— De que jeito foi, então?

— Devagar, devagarinho, de mansinho... ele se instalou em meu coração...

— Ai, que bonito! Parece letra de música da Maria Betânia!

— Cruzes! Brega assim não vale!

— De qualquer forma, bonito.

— Mas deu no que deu.

— É... deu no que deu.

Que raiva! Estragar a vida assim tão cedo. Eu não merecia isso! Mas e agora, o que poderia fazer? Morro de raiva só de pensar nele. Fez o que fez e se mandou, me deixando assim desse jeito... Não tenho a menor ideia de como sair dessa. Tentei conversar com minha mãe, mas ela fez que não tinha entendido ou que a conversa não tinha nada a ver comigo. Com meu pai? Chegar assim no cara a cara e dizer pra ele que eu estou... Não! Contei pra Juliana. Ela riu. Fiquei puta da vida. Ela riu e disse "E daí? Não acontece com todas nós!?". Ela contou pras outras meninas. Elas nem ligaram. Estou sozinha nessa, caro espelho.

Um novo pouco de conversa.

— A gente nunca está só, garota.

— Já ouvi essa conversa antes. Mas na hora agá!...

— A gente nunca está só, podes crer. Haverá sempre alguém por perto pra ajudar.

— Isso tem ajuda?

— Tem. Tudo tem ajuda, tudo tem remédio. Aliás, diz um provérbio antigo que só não há remédio para a morte.

— Morte. Boa ideia.

— Que pena!

— Pena do quê?

— Pena que espelho não possa rir, senão soltaria a maior gargalhada na sua cara! Morte!

— Bem... num chega a tanto!

— Nem perto, menina. Olhe em volta de você. Parece, por mais que tomo banho, que estou sempre sentindo o cheiro dele. Primeiro era gostoso. O cheiro era bom, feito perfume que eu gostava. Depois fui pegando raiva e o cheiro de perfume virou fedor. Será que se eu passar um pedaço de tijolo na pele do corpo eu tiro o cheiro? Mas e aí o que eu faço com o gosto na boca? Do último beijo.

— Será que foi mesmo o último beijo?

— Você duvida?

— Apenas perguntei.

— Foi, foi e foi.

— Certeza? E essa coisinha gostosa que você carrega aí dentro?

— Nem me fale... se tivesse um jeito de tirar, de arrancar essa marca ruim...

— Não seja tão dramática, menina!

— Claro, não é com você. Pimenta nos olhos dos outros não arde.

— Não arde mesmo. Mas se você pensar bem vai lembrar que quem brincou com pimenta foi você e não eu. Por isso... a pimenta está ardendo em você.

E arde mesmo. Arde tanto que não estou aguentando essa barra sozinha. Essa coisa, que parece gostosa e bonita, mas que nunca experimentei e nem tenho ideia das consequências, fica aqui comigo, dia e noite, minuto a minuto, crescendo e tomando conta da vida. Preciso repartir com alguém e acho que vai ser com meu pai. Pode ser mais duro — dizem que todo pai tem ciúmes da filha — mas ele vai ter que entender e me ajudar. Sempre foi assim: quando as coisas ficam mais difíceis, minha mãe passa a bola para meu pai resolver. Vai ser assim agora.

— Posso falar com você, pai?

Ele me ouviu, primeiro despreocupadamente, com mais atenção nos papéis que tinha nas mãos, depois desviou a atenção dos números que tinha nos papéis e escutou minha explicação, minha agonia, meu sofrimento e meu pedido de ajuda. Fez duas ou três perguntas, que eu respondi desarmada, franca e sofrida.

Senti que ele ia me ajudar, quando vi o sorriso de sempre abrir-se no rosto largo, meio escondido na barba, e responder:

— Ora, filha! Essas coisas realmente acontecem com pessoas normais. Mais cedo ou mais tarde aconteceria com você. Talvez seja um pouco cedo e por isso você esteja assim tão aflita!

— Mas pai...

Ele me abraçou gostoso, num abraço que punha fim nas minhas angústias e minhoquices.

— Minha filha... você está apaixonada! Quer coisa mais bonita do que isso?

Nunca mais

A casa de número oitenta da minha rua ficou muito tempo fechada. Ouvi dezenas de comentários, vindos das pessoas mais diferentes, propondo hipóteses que justificassem a causa do abandono e do sumiço das pessoas. As opiniões iam desde doenças até falência, passando certamente por incontáveis tragédias familiares. O tempo se encarregou de apagar da lembrança de todos nós a preocupação com a casa de número oitenta e acabou, também, com as discussões disso e daquilo sobre a causa verdadeira.

Essas coisas andavam bem longe da minha lembrança juvenil, vagas recordações de crianças brincando comigo, quando a casa foi tirada do silêncio e aberta para alguns pedreiros e pintores. Depressa a notícia correu a rua toda e a novidade acalmou nossos corações curiosos: a família Leme estaria de volta, nas férias de julho, reabitando a velha e descuidada casa de número oitenta. Com eles vieram de volta algumas lembranças das minhas brincadeiras de rua e três crianças, agora já grandes, com quem tinha repartido segredos, brigas, histórias e prazeres. Ali estava o Samuca, irmão da Raquel e da Vanessa, meu amigo preferido da infância distante. Bastante crescido, aliás como eu. Pequenos mocinhos, como costumava dizer meu pai.

O nosso reencontro foi casual, no meio da rua, ele vindo com pães e leite nas mãos e eu indo à padaria em busca dos mesmos produtos matinais. Apenas um "oi" delicado e pouco à vontade saudou nosso reencontro. Eu vi um menino de rosto muito bonito, de jeito calmo, fala mansa e andar estudado escondendo o traquinas de antes. Mas como tudo muda, eu também, certamente o Samuca de agora era outro. Nos encontramos outras vezes e, aos poucos, fomos nos aproximando um do outro, seja para poucas conversas, seja para um sorvete na sorveteria Madrugão, seja para ouvir a conversa das meninas, maiores e mais espertas do que nós.

O Samuca era, ou estava, outro. Não era mais o mesmo peralta de antes. De comum apenas continuou o prazer que tínhamos em estar um com o outro. Claro, eu tinha outros amigos e, engraçado, com eles a conversa era outra. Com esses eu falava do meu interesse por meninas, das conquistas e progressos sexuais que eu fazia, assuntos nunca abordados com Samuca. Mas com o Samuca, mesmo num silêncio enorme que às vezes nos acompanhava, eu adorava aquela companhia pouco falante. Quantas e tantas vezes andamos pelas ruas da cidade, vendo isso e aquilo, rindo disso e daquilo, ou apenas saboreando a companhia um do outro. O Samuca sabia, como ninguém, mesmo silente, preencher um grande espaço dentro de mim. E eu gostava. Só não achava graça quando um dos amigos da turma da cidade, o Paulão, o Rê, o Netinho, fazia gozações acerca da nossa amizade ou insinuava ser o Samuca um "maricas".

Um dia senti cheiro e gosto de fim de férias. O próprio Samuca me comunicou, olhando para um lugar qualquer que eu não conseguia ver, que iriam embora no dia seguinte. Mas antes que qualquer tristeza rondasse sobre nós, avisou que deixaria o endereço para trocarmos cartas e que, com certeza, nas próximas férias estaria de volta. Fiquei com o pedaço de papel pardo onde estava anotado o endereço dele e um gosto de gramática mal explicada na boca.

Enfim. . .

Os dias sucederam-se, a vida voltou ao antes e eu esqueci momentaneamente o Samuca. Perdi o endereço e o interesse por uma carta que não criou coragem para sair. Ele também não me escreveu e a turma de amigos da cidade acabou preenchendo o espaço antes ocupado por ele.

Vieram outras férias. Raquel e Vanessa chegaram. O Samuca não veio. Não perguntei e ninguém falou nada. Parecia estranho, mas tive a impressão de que as pessoas da família queriam ignorar ou esquecer o Samuca.

Outras férias vieram e outras vezes Samuca foi esquecido. De informação consegui apenas uma nota de rodapé: ele estava doente e não tinha podido vir. E acabou por aí.

Quase acabou por aí.

Estávamos preparando a festa de final de ano, formatura de oitava série do primeiro grau, quando o pessoal

9

da casa de número oitenta chegou para nova temporada. Vanessa e Raquel, quase mulheres. O casal Leme, acumulando rugas e cabelos brancos. E veio mais alguém. Alguém que despertou em mim uma espécie de amor adormecido, um amor ainda desconhecido, mas real e profundo. O mesmo "oi" de antes e reatamos a companhia um do outro. Não era o Samuca. Não, era o Samuca sim. Não era o Samuca da infância, nem o Samuca do primeiro reencontro. Era um outro Samuca. O rosto redondo extremamente delicado e bonito não tinha nenhuma penugem; os olhos mansos e os cabelos graciosamente compridos eram de moça. O corpo, menos desenvolvido que o meu, estava escondido em roupas largas. A voz quase nunca saía. Quando vinha, desafinava entre o grave e o suave, ambos brigando para sobrepor-se um ao outro. Continuamos juntos, estranhamente juntos. Eu sabia que o Samuca tinha por mim alguma coisa muito próxima do amor e eu também por ele um sentimento tão forte quanto desconhecido. E sabia que a cidade nos olhava com olhos maldosos e curiosos. Tive certeza disso quando uma das meninas da minha classe me perguntou debochadamente "você não vai trazer sua namorada para a festa?". E isso nem era tão importante para mim.

Faltava um dia para a festa quando resolvi convidá-lo. Falei com ele, num banco da praça, onde costumávamos conversar. Samuca pegou minha mão esquerda, meio desajeitadamente, fez uma leve pressão com seus dedos, aproximou-se do meu rosto e senti sua respiração pausada e quente. Íamos nos beijar, se ele não recuasse a mão e o rosto e decretasse:

— Acho que não podemos.

Não encontrei argumentos, nem a favor nem contra

a decisão dele. Não os tinha, não os conhecia. Sabia apenas do que sentia por ele.

Samuca ficou calado, assim foi para sua casa e de lá não saiu mais até o fim de janeiro.

Nunca mais o vi.

Até hoje, três anos depois, não assimilei o golpe. Não tenho namorada. Nenhuma garota fez renascer aquela emoção desconhecida, mas grande e real, que senti por Samuca.

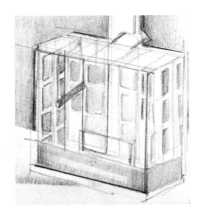

Planos

Paula e Alexandre, mãos dadas, olhando o futuro de frente: sem óculos de proteção, de cara limpa, apenas o gostoso de estarem juntos, fazendo planos selados pela leve umidade exalada dos dedos embaraçados. Um ruído alto de vozes fazia fundo para os planos traçados.

— ... uma cidade grande.
— Maior que essa?
— Maior.
— Cheia de gente.
— Cheia de coisas pra fazer e conhecer.
— Uma casa com grama na frente.

— E cerca baixinha e branca no lugar do muro.

— Duas palmeiras verdes, uma de cada lado.

— Uma minha e uma sua...

— Não, as duas nossas.

— Uma varanda larga de ponta a ponta, com ganchos de rede...

Alheia aos planos do casal, a vida continuava: salários arrochados, natureza escangalhada pela mão sem medida e controle, violência crescendo a olhos nus, causada por olhos ambiciosos, assassinatos não esclarecidos e assassinos impunes, bocas e estômagos vazios de fome.

— Uma sala grande.

— Grande, bem grande.

— Pra receber um punhado de amigos.

— Muita conversa...

— Muito papo...

— Muita música...

— Rock, pop, popular, romântica, folclórica.

— Almofada no chão.

— Um barzinho.

— Um vídeo.

— Todos os filmes do mundo.

Um beijo dele no rosto dela. As mãos dadas e outro tanto de planos.

Acima dos planos, a vida continuava: URPs, BTNs, hiperinflação, banqueiros e dinheiro, corrupção solta, colarinho branco sujo, UDR e ecologistas, constituição e fraudes, mandos e desmandos, e pobreza, muita pobreza.

— Nós dois pra sempre.

— Sempre.

— Juntos.

— Felizes.

— Vou te amar pra sempre.

— Eu também.

— Nada nos fará mal...

— Nem infelizes.

— Ajudaremos os outros...

— Ajudaremos.

Breves intervalos, um pouco de escola, um pouco de família, um pouco de amigos, um pouco de tudo e os dois de novo juntos, planejando qual idôneos ministérios seus próximos anos.

— Vamos viajar.

— Muito.

— Praia.

— Cidades históricas.

— Chácara.

— Reservas indígenas.

— Amazônia.

— Rio Negro.

— A história de Ouro Preto.

— As praias do Rio de Janeiro.

— A loucura organizada de São Paulo.

— De carro?

— De ônibus, de qualquer jeito...

— Até de carona.

— Acampando.

— Ou num hotelzinho de segunda.

— Em pensão.

— Ou motel.

— Conhecendo gente.

— E nosso país.

Indiferente aos planos, zombeteira, a vida continuava: acidentes, desrespeito, egoísmo, individualismo, cada um para si, quem pode mais chora menos, a lei do mais forte.

— Um pouco de feijão.

— Uma salada.

— Frango frito.

— Creme.

— Sorvete com chantili.

— Eu sou...

— Eu vou...

— Nós queremos...

— Nós faremos...

A vida, a vida, ora a vida, seguindo em frente, insensível aos planejadores, aos sonhos e pensamentos alheios, fazia seus planos, traçava o seu caminho, impunha a sua ordem.

— Paula.

— Hummm.

— Eu vou embora.

— Embora daonde, Alexandre?

— Daqui...

— Eu não estou entendendo...

— Nós vamos mudar de cidade.

— Nós, quem?

— Nós. Eu, meu pai, minha mãe e meu irmão menor.

— Como assim?

— Ué... mudar. Meu pai vendeu a loja daqui e vai abrir em outro estado.

A vida, brincando e sorrindo, sapeca e traquinas, apreciava a execução do seu plano.

— E nós? E nossos planos?

— Não sei, Paula. Acho que vão ficar pra mais tarde. O que eu posso fazer? No fundo, somos duas crianças.

— Duas crianças... Por que os planos, Alexandre?

Alexandre não respondeu. Não sabia, não tinha resposta. Ele foi embora com os pais e Paula ficou. Um sabor de castelo de areia em noite de tempestade.

15

Alheia, a vida punha e dispunha, senhora absoluta da história das pessoas. Uma senhora com um breve sorriso de malícia, como se quisesse dizer "quem faz os planos sou eu"...

Questão de prática

Os dois estavam juntos, juntinhos e sós na praia, quando aconteceu.
— Ai... não vai doer?
— Não.
— Você tem certeza?
— Tenho.
— Como você tem tanta certeza assim?
Ele riu maliciosamente.
— Questão de prática.
Ela riu candidamente, concordando. Sabia que ele tinha um pouco de prática nessas coisas.
Ele colocou-a no chão da praia, sobre a esteira suja de areia.

Ela suava um pouco: medo, dor, prazer de ser ele a estar ali com ela.

— Não dobre as pernas. Fique com as pernas esticadas que é melhor.

Ela gemeu de mansinho.

— Não vai doer mesmo?

— Não. Comigo nunca dói.

Ela fingiu uma irritação que não tinha.

— Convencido.

— Prática, menina, prática.

Ela suava um pouco mais, quando ele pôs suas mãos nela.

— Devagar...

— Fique tranquila.

— Ai...

— ...

— Tá duro?

— Tá duro, sim. Duro é melhor.

— Ai...

— Deixe de moleza, menina. Não faça as coisas tão ruins assim.

— Aiai...

As mãos dele, firmes, apertavam agora o pé esquerdo dela. Ambos suavam por causa desse corpo a corpo necessário.

— Confie em mim.

— Estou confiando... mas não me aperte tanto...

— É preciso... se não, não dá.

— Não tem um jeito mais delicado?

Ele pensou por um minuto, tentando imaginar um jeito de diminuir a dor que talvez ela pudesse sentir.

— Espere... vou fazer uma sucção.

— Sucção? O que é isso?

— Vou tentar com a boca.

— Com o quê?

— Com a boca.

— Com a boca?

— É. Vou tentar com a boca.

Ela mexeu-se de leve, estirada na esteira suja de areia.

— Você não tem nojo?

— De você? Nem um pouco. Nadinha.

Ela arrepiou-se toda quando sentiu os lábios quentes dele tocarem sua pele sensível e fazer o movimento de sucção. Uma vez... duas vezes...

— Não dá certo...

— Então vamos embora...

— Não... não. Vamos resolver aqui mesmo.

— Mas eu tenho medo de me machucar, de ficar pior.

— Só mais um pouquinho...

— Não...

Ela querendo recuar. Ele firme no propósito.

— Só mais um pouco.

— Não.

— Sim. Não dá pra você ir pra casa assim.

— Só mais uma tentativa.

— Tá bom. Só mais uma vez.

— Fique fria. Relaxe. Afinal isso acontece com todos. Relaxe.

Lembrou-se do comercial: relaxe e goze. Tentou relaxar.

— Agora, só mais um pouquinho.

Ela, nem relaxada nem dura; ele, certo de que conseguiria.

— Agora...

— Ai...

— Agora...

— Ai...

Um esforço e cuidado maiores. Uma dor suave e um prazer que chega.
— Pronto.
— Pronto? Já tirou?
Ele, segurando na mão direita um espinho relativamente grande, sujo de sangue e areia.
— Tirei! Aqui está seu carrasco. Não te disse que podia confiar na minha prática? Afinal, dois anos de prática de farmácia são dois anos.
Ela:
— Ufa! Pensei que nunca mais daria pra pisar direito com o pé inteiro no chão.
— Dá pra pisar agora?
Ela levantou-se da esteira e apoiou o pé no chão. Forçou e sentiu apenas um leve formigamento.
— Dá.
— Você pode caminhar até sua casa?
— Posso. Você me ajuda?
— Ajudo.
Caminharam juntos até a casa dela.
Há quem diga que foi justamente aquele espinho o causador do baita carinho que um carregou pelo outro.

As cartas não mentem jamais

— Vamos procurar uma cigana!
— Cigana?
— É... cigana, cartomante, leitora de cartas de tarô... esses trecos aí.
— Pra quê?
— Ora, Silvana. Faz uns vinte dias que você me fala que tem um problema, que não sabe como resolver, que não sabe o que vai acontecer...
— É...
— Então eu pensei que talvez uma dessas pessoas pudesse te ajudar.
— Me ajudar?!

— Claro! Se de repente ela pudesse te dizer alguma coisa que te ajude...

— Será?

— Quem sabe?

— Ah, Marcinha!... Eu nunca fui numa dessas mulheres antes.

— Nem eu. Mas tudo tem a primeira vez. Se você quiser, minha mãe tem uma conhecida que joga cartas de tarô. Se você topar...

Silvana pensou e repensou, virou os olhinhos, mexeu no ritmo das batidas do coração e decidiu que talvez pudesse mesmo receber uma orientação para o problema que vinha tendo.

— Eu topo, Marcinha, mas se você for comigo.

Marcinha, apesar de uma leve fisionomia de contrariedade, aceitou.

— Eu vou.

— Você fala com sua mãe?

— Falo.

— Combinado.

— Assim que minha mãe marcar com a amiga dela eu te aviso. Tá?

— Combinado.

Cada uma para o seu canto, cada qual para seu rumo, ruminando seu lado da dúvida.

Quando a visita estava arranjada e marcada, Marcinha avisou Silvana.

— Depois de amanhã. Eu passo na tua casa e vamos juntas.

— É longe?

— Um pouco, mas dá pra ir a pé.

O dia de ir chegou e elas foram. A hora de chegar veio e elas chegaram. Silvana, mais apreensiva que Márcia, reparava em detalhes que achava estranhos. Era uma

22

casa comum, como tantas milhares que existem na cidade. Nada ali indicava com firmeza que vivia uma jogadora e leitora de cartas. Nada parecido com uma tenda de ciganas nem com um cômodo esotérico de adivinhadores do futuro, presente e passado. A não ser um panô preso na parede maior da sala, estampado com cartas de um baralho desconhecido. O panô estava tão novo que até permitia aos narizes comuns sentir o cheiro característico de tecidos sem uso. No canto esquerdo da sala, uma pequena mesa quadrada coberta com uma toalha branca e um jogo de cartas.

— Oi, meninas! Oi, Marcinha, como vai sua mãe?

— Bem... e a senhora?

— Vivendo, filha, vivendo.

Não era bem o tipo de cigana-cartomante que Silvana esperava. Na sua imaginação, ali deveria estar uma mulher grande, gorda, com os olhos pretos brilhantes, cabelos enrolados e presos por um lenço vermelho, longos e circulares brincos e vestidos sobrepostos. Mas não foi isso que viu. Dona Rosa era baixinha e magra, extremamente simpática e vestia-se como uma dona de casa comum, cheirando a alho e cebola misturados.

Em vez do lenço, foi o avental de cozinheira que ela tirou, displicentemente, e atirou no sofá.

— É você que quer que eu leia as cartas?

— É.

— Ah, mocinha nova, o coraçãozinho deve estar complicado, não é?

Silvana não respondeu, pouco à vontade naquela sala de visitas. Acomodou-se no banquinho de madeira que a senhora lhe indicou e esperou. Dona Rosa acomodou-se ela também numa cadeira maior e pediu a mão direita de Silvana, examinou-a demoradamente, com ar de entendida, e esparramou inúmeras cartas de baralho na

23

mesinha de toalha branca. Depois começou a levantar uma a uma as cartas e a fazer sua leitura.

Silvana viu a mulher levantar uma a uma, em espaços sem simetria regular, as cartas do baralho colorido. Como poderia a mulher compreender alguma coisa de sua vida e ajudar-lhe simplesmente olhando aqueles desenhos coloridíssimos e estranhos?, pensava.

A mulher começou a falar e Silvana arregalou os olhos e aguçou os ouvidos diante das revelações dela.

— Uma de suas maiores mágoas é com uma colega de classe que acusou você injustamente de ofender um professor...

— Ué... como a senhora sabe?

— As cartas, minha filha, as cartas não mentem jamais...

Uma revelação atrás da outra.

— ... você é uma garota sensível e romântica, não é? Se não fosse assim, por que guardaria na gaveta de sua cômoda um maço de bilhetes, lembranças e papéis de carta de suas amigas!?

— Como a senhora sabe?

— As cartas, minha filha, as cartas não mentem jamais... Como agora, elas me dizem que você gosta de um menino que também gosta de você...

— É... acho que é verdade.

— Meia verdade, me dizem as cartas. A verdade inteira é que ele é namorado de sua melhor amiga.

Silvana quase perdeu o fôlego com a súbita revelação da mulher. Não teve coragem de mexer os olhos, a cabeça, o corpo. Marcinha estava ali atrás ouvindo o terrível segredo dela, o único que escondia de sua melhor amiga. Depois disso não conseguiu concentrar-se em mais nada. As palavras da mulher iam e vinham sem encontrar espaço de recepção. Vez ou outra Silvana ouvia a frase forte

24

"as cartas, minha filha, as cartas não mentem jamais".
À sua frente as revelações verdadeiras, as mais suas e escondidas; atrás, o outro pedaço da verdade, na pele da amiga Marcinha. Ela ali, no meio de dois fogos. Não viu, nem sentiu o tempo passar, perdida na imensidão das dúvidas, do medo, do amor... Acordou com o toque leve da mão conhecida da amiga.

— Vamos, Silvana.

Silvana descobriu-se sem saber o que fazer no momento, naquele lugar, de repente fora da casa da leitora de cartas, numa calçada gasta e cheia de buracos, caminhando ao lado da amiga e rival Marcinha.

Caminharam por uns vinte metros, silenciosas, cada qual certa do pedaço de confusão em que estava metida.

— Não te falei que ela podia ajudar?...

Silvana juntou uma sobra de coragem e respondeu:

— E você acha que ajudou?

— Claro.

— Não... não...

— Ajudou sim. Se você quer saber do resto da verdade, já faz algum tempo que eu e o Preto estamos de cara virada. Só estamos mantendo um pouco as aparências, nem sei por quê. Acho que um pouco de falta de coragem encostada na acomodação do desamor. Afinal, foram três anos...

— Não é isso que você está pensando, Márcia. Eu nunca...

— Eu sei, Silvana. Mas acho que vale a pena tentar. Do pouco que nós ainda conversamos há sempre uma parte grande de carinho que o Preto dedica a você. Até sem perceber...

— Mas, Marcinha, você é a minha melhor amiga!

— Eu sei. E uma coisa não tem nada a ver com a outra. Você não quer tentar, Silvana?

25

Silvana concordou, com os olhos do fundo do coração. Queria tentar, sim.

Três semanas depois, a mãe da Márcia foi até a casa de uma amiga sua, baixinha, simpática, cheirando a alho e cebola, de nome Rosa.
— Deu certo o plano da Marcinha?
— Deu certo certo. Ela ficou sem o namoradinho, mas com a amiga, que ficou com o namoradinho dela.
— Eu fiz tudo certinho. Do jeito que nós combinamos. Até gostei de mexer com as cartas bonitas do tal tarô.
— Passei aqui pra te agradecer, Rosa.
— Ora, que não seja por isso. Me fez lembrar meu lado teatral.
— Espero não te meter em outra. Essa moçada tem cada uma!
— Se tem!

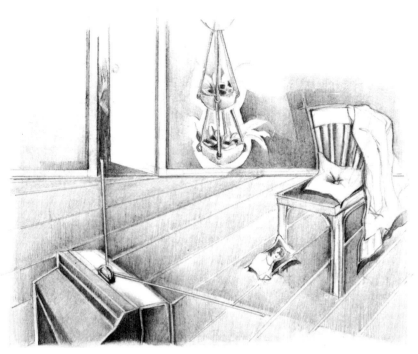

Clip

Ah! Ele viu pela televisão. Sabia que tinha um jeito. Uma saída. Ele viu pela televisão. O cara de revólver na mão invadiu a casa da ex-noiva. Se trancou com ela no quarto. De revólver na mão. A televisão na sala mostrando tudo para todo o mundo. A ideia ali, era só aproveitar. Ninguém ia notar que ele estava roubando ideia alheia. Um dia depois e todos teriam esquecido a notícia da tevê. O cara, cara de doidão, com a moça apavorada no quarto. O revólver na mão e na cabeça. Qualquer desatino e um tiro desequilibrado mentalmente acabaria com ela, com o amor. Só restaria a saudade e a notícia. O que ele queria? Ele quem? O cara da tevê.

Ele queria ela. Queria ela de volta. Não tinha topado a ideia do noivado desfeito. Apenas ela quisera. Ele não. Queria ela e o noivado de volta. De revólver na mão. Não queria matar. Falou ao repórter da tevê pela fresta da porta do quarto. Queria apenas ela. Ela assustada, com medo de virar notícia de telejornal. A família da moça do lado de fora e a aflição lá dentro. Só aceitaria conversar com seu parente, que era patente militar. Muita negociação. Pareciam patrão e empregado na mesa de negociação. Um pede aqui, o outro tira ali. O pai da moça querendo entrar. A moça querendo sair. Ele querendo ficar. A tevê mostrando tudo. O repórter feito urubu sobre carniça. Medo, desespero, curiosidade. Revólver, microfone, gritos. Um espetáculo, um show da vida, uma ideia. Uma ideia que Márcio podia aproveitar. Uma ideia gratuita, oferecida pela tevê. Um revólver, Madalena, uma ameaça sua e ela parava com aquela história de que não dava mais. Como não dava mais? Se ele queria. Ela não tinha direito de não querer mais. Uma ideia... essa ideia. Um revólver, uma ameaça. Mas... revólver como? Revólver mesmo? Um revólver de brinquedo do irmão. Desligou a tevê. Mexeu que mexeu na quinquilharia do irmão e achou algo parecido com um revólver de verdade. Verdade mesmo era a vontade de gostar de Madalena. Gosto mais gostoso ainda por causa do afastamento dela. Que haveria de mudar de ideia, a tevê mostrava. Ligou de novo a tevê. O show da vida tinha mudado o artista. Era outro espetáculo. Mas a ideia ficara. Desligou a tevê. Estava meio de noitinha. Saiu de casa. Avisou que voltaria logo, meia hora, uma hora no máximo. Tomou o rumo da casa de Madalena. Meio de noitinha, horário de verão. Verão no corpo dele, começo de inverno no corpo dela. Chegou perto da casa de Madalena. Luz acesa na sala. Emoção no coração batedor. Tocou a campainha. Ela estava só com a mãe e a irmã. Eram colegas de classe de escola. Entrou pretextando precisar de caderno. Madalena estranhou. A presença e o pretexto. Márcio não tinha caderno de nada nem de coisa alguma. Desconfiou. Preciso agir depressa. Não sabia qual caderno queria. Queria ela. Ela ali, cheirosa, de cheiro macio de banho novo. Uma cara boa de quem está feliz com a vida. Puxou o revólver que trazia escondido sob a camiseta. Empurrou-a para o quarto. A mãe, assustada, gritava. Madalena, surpresa, calou-se. A irmã, perplexa, apenas olhou e engoliu o grito. O que é isso, Márcio? Não faça loucura. Loucura é o que você está fazendo comigo. Não vê, não? Você perdeu a cabeça. E o coração. Por você. Você e você. Mas não é assim... é assado... não... sim... é... por quê?... Algum tempo depois um empurrão forte na porta do quarto. A fechadura cede e a porta abre. A figura enorme do pai dela. Márcio tolamente apontando um revólver de brinquedo para ela. Márcio nem percebeu, tamanha a rapidez do homem. Tomou um cascudo no pé do ouvido. O ouvido zuniu forte e uma mão forte apertou forte seu pulso fraco. Isso lá é coisa de se fazer, seu moleque safado? A vida era diferente do show da vida mostrado na tevê. Saiu do quarto humilhado, sem amor, sem revólver, sem eira, sem beira. Arrastado pelo braço forte do pai de Madalena. Você não tem casa, não, moleque sem-vergonha!? Chegou em casa assim arrastado. Foi entregue qual mercadoria estragada devolvida. Ninguém entendeu nada. Nem nada mereceu manchete de tevê.

Esperando Ricardo

Patrícia chegou da escola como sempre, no mesmíssimo horário de todo santo dia: passavam exatos doze minutos do meio-dia. A única diferença é que havia feito o mesmo percurso a pé sem pensar no seu dia a dia, absorvida pela imagem de uma pessoa que teimava em não desocupar seu pensamento: Ricardo. Foi assim que chegou em casa, com o Ricardo insistentemente abusando da hospitalidade de sua emoção. Isso até a incomodava um pouco. Se por um lado não queria tirá-lo do pensamento, por outro irritava-se com a facilidade com que ele ia e vinha, entrava e saía de suas pensações. Mas isso era coisa que Patrícia estava aprendendo agora, que uma vez abertas as portinholas do bem-querer, era terrivelmente difícil controlá-las. Como dizia a Sandrinha: "Quem gosta, gosta! O resto é bosta!".

Acabada de chegar, ouviu a voz macia mas inflexível da mãe:

— Venha almoçar depressa, Pat, antes que a comida esfrie.

Patrícia ia responder "que se dane a comida", mas reteve a resposta com medo de arrepender-se depois e porque, afinal, estava mesmo morta de fome. Aliás, este era outro detalhe que ela nunca confessara a ninguém, pois se achava ridícula pensando nisto. Se todas as garotas da sua idade e turma diziam que perdiam completamente a fome quando se apaixonavam, como é que ela, logo ela, iria convencer suas amigas que acontecia justamente o contrário, isto é, era acometida de uma fome incrível, um apetite desmedido, quando o coração batia mais descompassado por conta dessas coisas de amor?

Almoçou e ajudou a mãe a colocar ordem na cozinha. Sem empregada doméstica, artigo de luxo no mercado, a arrumação da cozinha era um dia por sua conta e outro dia tarefa de seu irmão. E iam empurrando com a barriga essas questões menores da política doméstica.

Foi para o quarto tão logo se desfez do pano de prato molhado e dos últimos talheres enxutos. Tinha, ainda, pela frente, pelo menos seis horas antes das sete. Tempo de sobra para o que quisesse fazer. Às sete Ricardo passaria por sua casa e iriam juntos à festa de encerramento de ano da antiga escola dele. Haviam acertado o encontro e o passeio na semana passada, na sexta-feira. Depois disso, no fim de semana se encontraram rapidamente e mesmo assim só trocaram poucas palavras numa conversa tão áspera quanto besta, mas decisiva. Que os dois se gostavam, sobre isso não havia a menor dúvida, mas que os dois eram complicados, ah! disso não havia, também, qualquer dúvida. Ricardo era um profundo poço de timidez e Patrícia era um grande buraco de dúvidas. Por essas e por aquilo, os dois ainda não sabiam se eram namorados ou não. Tantas foram as vezes que a mãe de Patrícia, entre uma e outra espiadela furtiva nos segredos da filha, pegara-a em diálogos solitários "pode? afinal sou ou não sou? somos ou não?". Pois foi então que na última conversa decidiram se decidir. Ou seriam ou não seriam namorados. E a resposta final, conforme combinaram, um daria para o outro, na festa da escola. Patrícia até já tinha tomado sua decisão. Estava cansada, para não dizer de saco cheio, da gozação das colegas que a chamavam constantemente de "chove não molha", "não faz nem sai de cima". Achava também que a Graça estava doidinha, sempre tão cheia de graças para cima do Ricardo, doidinha para ver se o caminho ficava livre. Bem... o certo (ou errado — quem sabe lá o que é certo ou errado na vida!?)... o certo é que a decisão dela havia sido tomada e Patrícia estava decidida a experimentar esta coisinha, nova na sua vida, chamada namoro, namoro de verdade.

Veio o tempo, lento, calmo, mas sem direito a retorno. Do jeito que veio, foi.

Finalmente chegaram as sete horas. Patrícia trocou o uniforme: tirou uma calça jeans e colocou outra; tirou uma camiseta e vestiu outra. Calçou o par de tênis mais novo, arrumou os cabelos corte tipo americano e pôs-se a esperar numa poltrona da sala, diante da novela das sete na tevê.

Às sete e quinze, ele não havia chegado.

Às quinze para as oito ele não havia chegado e os cabelos de Patrícia davam mostras de desânimo diante do olhar interrogativo e calado da mãe.

32

Às oito e trinta, cada um dos pés do par de tênis estava atirado num lugar da sala. O pé direito estava de boca para cima, como que surpreso ante a ausência do companheiro esperado. O pé esquerdo, esse, como sua usuária, estava amarrotado debaixo de um peso enorme: ele debaixo do pé dela; ela sob a incerteza do vir ou não vir.

Às nove horas, a mãe, rompendo o silêncio, sugeriu que Patrícia comesse alguma coisa.

— Vá comer, menina. Não há, por enquanto, nada que justifique uma noite sem comida.

Patrícia aí lembrou que ainda não tinha comido nada. Erradamente, pensou, guardara o apetite que sempre tivera em suficiência para uma festa da qual não participaria.

Às nove e meia decidiu comer. Enquanto lambiscava um pedaço de pão, lembrou-se da Graça, uma graciosa ponta do triângulo, esperando o arrego de uma ponta. Irritou-se com a colega e com o Ricardo. Talvez os dois estivessem juntos na festa. Talvez não. A timidez dele era demasiadamente forte para fazê-lo convidar outra garota, mesmo com o tamanho assanhamento dela.

Às dez e quinze preparava-se para dormir. Desceu o zíper da calça jeans, que por força da comida apertava levemente a barriga, juntou os dois pés do par de tênis descalçados, deu uma última olhadela para a telinha alucinada do eletrodoméstico-rei-da-sala e foi de volta ao quarto. Tinha entendido a resposta de Ricardo. Para dizer *não*, às vezes não é preciso falar. Pode-se dizer um redondo *não* pela simples ausência da presença. Ela tinha entendido e não apreciara a consequência de sua primeira decisão nessas questões do querer bem. Discordava, apenas, desse modo que Ricardo escolhera para lhe dizer *não*. Enfim...

33

Às dez e vinte e três, tempo cronometrado no seu relógio de pulso, começou a separar o material escolar das aulas do dia seguinte. Consultou a relação de matérias dispostas no quadro de horário fixado no canto esquerdo do guarda-roupa. História, Matemática, Língua Portuguesa em dobro e Educação Física na última aula... Educação Física outra vez? Por um instante algo pareceu-lhe errado. Como Educação Física outra vez, se tivera aula dessa matéria ainda hoje? Olhou novamente para o retângulo verde, levemente amarelado e desbotado, e viu a relação de matérias indicadas para a sexta-feira. História, Matemática, Língua Portuguesa dobrada e Educação Física. Numa fração de segundos entendeu o que estava ocorrendo. Claro, se tivera Educação Física ainda hoje, era porque hoje ainda era quarta-feira e não quinta-feira como estivera pensando desde o início da tarde. Claro, se hoje ainda era quarta-feira, não havia por que esperar Ricardo, pois a festa da escola estava marcada para quinta-feira e não para quarta.

O grito de alegria tomou conta do pequeno espaço do quarto e ganhou os limites dos outros cômodos da casa.

— Que susto, menina! O que foi que aconteceu?

— Nada, mãe. Estou com uma fominha... acho que vou na cozinha fazer uma boquinha...

— Você acabou de comer! Dormir de barriga cheia, você vai ver o pesadelo!

— Não, mãe. Pesadelo, hoje, de jeito nenhum. Preciso dormir gostosamente hoje, porque amanhã terei um dia especial.

— Como hoje?

Patrícia olhou de atravessado para a pergunta irônica da mãe e respondeu, certa do que faria no dia seguinte:

— Melhor, mãe, muito melhor.

Saiu do quarto e foi para a cozinha com aquela fominha gostosa de coração enamorado. A cada mordida que dava nesse ou naquele alimento, ia decidindo de que forma faria Ricardo saber, ter certeza e aceitar o seu gostoso bem-querer.

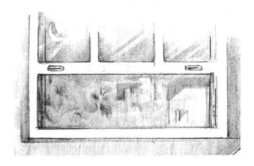

Meu corpo, meu herói

—C onta de novo, Daniela!
— De novo, gente? Já é a quarta ou quinta vez que eu conto.
— Nós ainda não ouvimos. Você não pode deixar a gente sem saber...
— Vocês já sabem.
— Mas não contado por você... Com certeza tem mais sabor.
— Sabor... isso lá tem sabor?

Diante dos olhares da Gabriela, da Terê, da Bete, da Celinha e da Nita suplicando que eu contasse de novo o caso do *striptease*, não tive outra saída. Devo confessar que já estava meio cheia do caso e de sua história, mas perto daqueles olhinhos tão suplicantes, tão cheios de malícia, não tive outra escolha senão concordar, molhar a garganta com saliva nova e contar tudo outra vez.

— Bem... vocês conhecem a Ritona da turma do Santo Antônio?

— Claro.

— De monte.

— De longe.

— Bem... sabem também que eu e ela já fomos muito amigas um dia...

— Sabemos.

— ... antes de ficarmos inimigas.

— Sabemos.

Quase todo o mundo sabia que um dia eu e a Rita fomos superamigas. Lá pelas tantas nós duas achamos de gostar do mesmo cara. Isso ainda na sexta série. No fim das contas, o menino não deu a menor bola para nenhuma das duas e, o que foi pior, além de perdermos a amizade, ficamos com muita raiva uma da outra. Apesar de estarmos na mesma escola, quase não nos vemos. Ou, então, fazemos questão de uma não ver a outra, desviando caminho, fingindo que não se vê, etc...

— Quis o destino (eu gosto de falar assim! Dá a impressão que é capítulo de novela das oito!) que o Zemário se engraçasse comigo.

— O Zemário da sétima?

— É... esse mesmo.

— Huummm... gataço!

— Não faz meu tipo.

— Ah! Deixa de esnobar, Dani. Um gatão daqueles e você ó, nem te ligo!

— A vida é assim, meninas. Quem eu quero não me quer... quem me quer...

37

— Uxa... parece letra de música da década de quarenta.

— E é. Vocês não querem ouvir a história?

— Vai, conta logo.

— Conto. Mas vocês ficam conversando...

— Juro que não falamos mais.

— Bem... o Zemário se engraçou comigo, pra valer. Todo dia, toda hora que pode, se eu dou uma brechinha, ele vem e começa com aquela conversa careta "você é a mulher da minha vida", "você entrou na minha vida com tudo" e vai por aí afora. Coisa de encher um caminhão de conversa mole.

— Conversa mole, coisa nenhuma. A turma do Zemário não sai lá de casa, por causa do Tonico, meu irmão. A conversa que mais rola lá é essa louca paixão que o Zemário tem por você.

— Pobrezinho!

— Tá a maior gozação. Inda por cima ele ficou de recuperação em Matemática, com perigo de reprovação. Segundo as fofocas, na última prova, ele precisava de "doze" e não passou dos dois e meio. O Ricardão deu-lhe além da nota baixa um tremendo sermão: "em vez de resolver as expressões, fica desenhando corações na folha da prova! Burrice aguda!".

— Também acho. Além do mais, já falei umas dez vezes que eu estou em outra, que não quero nada com ele nem com ninguém.

— E o que tem isso a ver com o *striptease*?

— Se vocês deixarem eu chego lá.

— Conta, conta!

— Conto. O caso é que a Ritona resolveu se engraçar com o Zemário. Eles moram mais ou menos perto lá no Santo Antônio. São vizinhos e as mães amigas. Por essas e por outras, a Ritona resolveu que o Zemário ia ser dela de qualquer jeito.

— Assim no seco?

— Assim.

— Que desperdício!

Devo concordar com essa ironia da Bete. Quem conhece a Ritona e o Zemário, com certeza entende a brincadeira. Ele é um cara bem apanhadíssimo, um verdadeiro gato, enquanto ela é o que há. O corpo é meio desproporcional, bem maior que a cabeça redondinha. A cintura é larga e tem bunda de sobra balançando em cima das perninhas compridas, finas e magras. Ninguém de cabeça fria poderia imaginar um par desse tipo. Pobre Ritona, imagino o amor dela, amor que ainda é maior por causa da raiva.

— Problema dela. Quer dizer... dela e meu, pois assim que ela descobriu que o Zemário não entrava na dela, porque estava sintonizado na minha frequência, ela ficou louquíssima da vida e esparramou pros quatro cantos do mundo e da cidade que mais cedo ou mais tarde ia me pegar, que eu ia me arrepender de ter nascido...

— E você? Pediu proteção à polícia?

Rimos todas.

— Não! Apesar de imaginar que a Ritona seria bem capaz de aprontar comigo, nunca pensei que pudesse chegar às vias de fato.

— E como foi?

— Ela me cercou. Eu estava indo para casa, já sozinha, vocês também estavam indo cada uma para seu caminho, quando ela me cercou junto com umas meninas da turma dela.

— Quantas?

— Não contei. Na hora, o medo me fez ver mais

39

gente do que havia realmente... mas acho que eram umas cinco ou seis.

— Tudo isso?

— Tudo. E tudo gente barra-pesada como a Ritona. Me cercaram em volta de um muro e ela foi logo me provocando: "Outra vez no meu caminho, boneca? Desta vez eu não te perdoo!".

— E você não disse nada?

— Dizer o quê? O medo não deixava e, além disso, pensei que numa situação dessas, com o adversário irritadíssimo e em grande vantagem, qualquer coisa que eu pudesse dizer só faria aumentar a raiva dela. Preferi ficar calada enquanto pensava em alguma saída.

— E foi aí que...

— Exatamente. Foi aí que veio à cabeça a ideia meio maluca de fazer um *striptease* para elas. Imaginei que a raiva daquela gente feia seria tão grande que as deixaria sem ação. E depois um *strip* no meio da rua certamente é uma coisa que não só surpreenderia algumas pessoas como chamaria a atenção de outras.

— E então você...

— E então eu comecei o *strip*.

Devo confessar duas coisas: a primeira é que não pensei em nenhuma possível reação ao meu ato, o que é que isso provocaria em casa, nos vizinhos, na escola; a segunda é que confiava no meu corpo, na geografia estudada e bem contornada do meu corpo moço e bonito.

— Você começou por onde?

— Por baixo. Desabotoei os jeans, abri o zíper, dobrei a perna direita para facilitar tirá-la da calça. Depois repeti o movimento com a perna esquerda, diante dos olhos assustados e incrédulos da moçada. Deixei a calça cair no chão, fazendo um amontoado de tecido azul. O roliço das minhas coxas brecou a ação da Ritona e de suas megeras.

— E depois?

— Depois eu subi. Bem ao estilo dos melhores comerciais de tevê, cruzei os braços na altura da barriga, com as mãos pegando partes da malha da camiseta, e subi o tecido de uma só vez, sem tempo para reação. Acabei com elas. Deixei-as bundonas diante da visão imediata dos meus dois pequenos, salientes e belos seios. Dois gigantes dando conta de um bando de brutamontes. A camiseta foi parar sobre o jeans, aumentando o volume da roupa no chão.

— E elas não falaram nada?

— Nem falaram nem fizeram. Aí veio o golpe final. Meti os dois polegares entre a maciez do tecido delicado da calcinha e da intimidade da pele e comecei a forçá-los para baixo. Lentamente, a força dos dedos foi levando o tecido para baixo, deixando aparecer os primeiros pelos...

— Pelo amor de Deus... conta logo!

— Não tenho mais nada para contar.

— Como não!?

— Acabou aí. Quando elas perceberam que eu só pararia quando estivesse nua, uma olhou pras outras, as outras pra uma, e num movimento brusco viraram-se e se mandaram...

— Se mandaram?

— Sim.

— E você?

— Eu? Eu, quando vi que tinha vencido a batalha, peguei minha roupa e num minuto me vesti de novo e dei no pé.

— Depois dessa...

— Depois dessa acho que a Ritona vai ficar sossegada.
— Ah! Daniela, que coragem!

Coragem ou medo, não sei bem, mas venci a primeira batalha com a Ritona. Isso já faz um mês e parece que a história acabou por aí. Pelo menos espero. Se não... já descobri o ponto fraco do inimigo e sei como combatê-lo.

Enfim...

P rimeiro foi o bilhetinho dobrado cuidadosamente, com o mesmo cuidado dispensado às lições de Matemática, e colocado no livro de Geografia dela.

> ISA,
> Se você olhar para o lado direito, na fileira encostada à parede, logo no começo da fila, tem um fã seu.

Não assinou. Nem precisava. Se ela acreditasse na informação, descobriria de pronto que o único fã possível na fileira da parede é ele, o Geleia. Por exclusão, claro. A primeira da fila é a Cláudia. Ele é o segundo. Atrás dele está o Micróbio e depois mais duas meninas. Precisava assinar? Como dizia sua mãe, "pra bom entendedor, meia palavra basta". Não ficou sabendo se a Isa recebera e lera o bilhete. Ela não comentara nada com ele. Aliás, nessas coisas de gostar ou não gostar, a Isa era bem comedida, apesar de serem grandes amigos. Uma única vez ela comentara com ele sobre um amorzinho começando, escondido e não correspondido. Isso há pelo menos um ano. Depois, nunca mais falara.

Depois do bilhete, foi a vez do papel do bombom. Eram dois: um de chocolate branco, que ela adorava, e outro de chocolate escuro, um Sonho de Valsa, predileção dele. Eles comeram cada qual o seu, durante o recreio das aulas. Conversaram sobre o papel.

— Sabe o que significa papel de chocolate dobrado, com um nó no meio, Isa?

— Não.

— Se você receber de alguém, significa que essa pessoa gosta de você.

Isa riu, entendendo.

No mesmo dia, antes do final das aulas, Geleia colocou o papel do Sonho de Valsa preso a um clipe no caderno de História. História seria a última aula e havia exercícios para serem conferidos nos cadernos. Ele não viu quando ela pegou o caderno, nem o que fez com o papel. Mas imaginou que ela tinha visto e entendido a mensagem. Só que não comentou com ele e Geleia de novo ficou sem saber. Ficou com raiva dele mesmo, por lhe faltar coragem para falar diretamente com ela, expor-

44

lhe seu sentimento e esperar por uma decisão. Na verdade, estava com medo do jogo. Poderia ganhar uma namorada e perder uma amiga. Ou perder as duas. Era bem por isso que ia levando a coisa mais como um jogo de esconde-esconde.

Três dias depois, Geleia viu a Isa segurando o papel do bombom dobrado com nó no meio. Teve uma ligeira impressão de que ela acariciava o nó do papel dobrado, mas brecou esse pensamento, pois lhe pareceu meio esquisito fazer carinho em papel.

Uma semana depois desenhou no canto da lousa da classe um coração e duas letras:

Tinha feito o cálculo na classe. Além dele, ninguém mais tinha nome começado pela letra G. Com a letra I, apenas a Isa e o Ivo. O Ivo já tinha namorada. Portanto...

Isa não fez nenhum comentário a respeito, nem mesmo quando viu, logo depois do final das aulas, o Geleia segurando um toco de giz amarelo que usou para desenhar

45

o coração. Nem esboçou reação alguma quando o professor de Português, apagando a lousa e o desenho, brincou com o desenhista anônimo:

— Corações apaixonados na classe!?

Geleia continuou sem saber se a Isa vinha entendendo suas dicas e não respondia por não querer ou por simplesmente não haver percebido nada. Quanto mais dicas dava, mais aumentava sua raiva diante da indefinição da situação. Indefinição que começava numa pergunta que ele se fazia a toda hora: "como é que dois superamigos podem transformar a amizade em amor?". Pode?

Enquanto ia assim assim, Geleia e Isa continuavam a viver uma gostosa amizade. Na festa de aniversário da Cláudia, no sábado, Isa ficou com ele. Ficaram juntos um tempão, de conversa em conversa, de música em música.

Mais uns dias e Isa viu uma figurinha, dessas de álbuns, da coleção AMAR É..., com a mensagem:

Ousadamente Geleia assinou "Gê". Não teve coragem para ir adiante. Parou por aí.

Isa não apontou diferença nem deu suspeita de ter percebido coisa alguma. Nem mesmo quando Geleia perguntou-lhe se ela estava fazendo planos para o futuro e teve como resposta uma frase manjadíssima, estilo para-choque de caminhão:

— O futuro a Deus pertence, Gê!

Depois foi outro bilhete.

E mais um papel de bala que ele ganhou dela.

E outro bilhete.

Uma letra de música.

Outro bilhete.

Um convite para peça de teatro.

De uma vez Geleia puxou papo com ela sobre essas coisas de amor. Fez toda a força que pôde, arrumou coragem em tudo quanto era bolso da roupa e perguntou:

— Isa, você gosta de alguém?

— Gosto de muita gente. De você...

— Assim não...

— Como assim não!? Você sabe o jeito que eu gosto de você?

— Não, não é isso.

— O que é, então?

— Você gosta de alguém, assim como homem gosta de mulher?

— Se eu amo alguém?

— É.

— Não sei direito, mas acho que sim.

— Eu sei quem é?

— Não sei.

— Eu conheço?

Ela riu docemente.

— Conhece.

Agora não havia mais retorno. Era tudo ou nada. Geleia sentia que estava por perder a amiga e queria arriscar tudo numa jogada final, corajosa e assinada.

ISA

Gosto de você, mais do que simplesmente se gosta de uma grande amiga. Gosto de você assim como um homem gosta de uma mulher, assim como se diz em linguagem romântica: amo você.

~~seu amigo~~ Geleia

Riscou a expressão "seu amigo", pois sabia que o caminho agora percorrido dificilmente teria volta. Entregou-lhe o bilhete no final das aulas do dia. Não falou nada e se foi. Esperou como pôde, comendo aflição, bebendo ansiedade, dormindo e sonhando esperança. No dia seguinte, quase no finalzinho do recreio, Isa tirou do bolso do jeans o mesmo bilhete do dia anterior, devolveu-o para o Geleia e comentou, enigmática:

— Por que você não fala pessoalmente as coisas que está sentindo, em vez de mandar recados!?

Geleia engasgou com o comentário dela, ficou sem saber o que falar, o que fazer, a não ser amassar nervosamente o pequeno pedaço de papel. Durante o resto das aulas, absolutamente desconcentrado de tudo que se falou e se fez na classe, procurou entender o recado direto dado por Isa, tentando encontrar uma forma de agir diante do que havia sido colocado. No meio dos gráficos, números, informações, objetos diretos e vocativos, decidiu que falaria com ela ainda nesse dia, no final das aulas. Era o mais certo, o mais rápido, o mais interessante, o mais objetivo.

Como todos os dias, saíram juntos e juntos começaram a caminhar o mesmo pedaço de caminho comum. Em silêncio. Foi Isa quem puxou conversa, dando rumo ao assunto e ao destino.

— Você não tem nada pra me dizer, Geleia?
— O quê?
— Você não quer me falar nada?
— Você quer dizer que...
— Isso mesmo! Quero dizer que você quer me dizer alguma coisa... ou me enganei?

Seria agora ou nunca mais.

— Não se enganou, não.

Tomou fôlego, juntou forças, fechou os olhos, diminuiu o ritmo dos passos, apertou o monte de cadernos e livros que levava e declarou-se:

— Eu gosto de você, Isa. Assim de gostar de amar uma pessoa. Eu gostaria de namorar você.

Soltou o fôlego, abriu os olhos, manteve o ritmo do andar, afrouxou os cadernos, limpou o suor frio e ouviu a resposta:

— Eu também, Geleia.

Depois, perderam o rumo do caminho de sempre.

Um jeito de dizer que gosto de você

— Até que enfim chegou a minha vez, Camila. Tatá reclamou com razão. Quase todo o mundo já tinha respondido as perguntas do caderno da Camila. Ele esperou, esperou, esperou com paciência, com calma, com o canto dos olhos, com uma vontade doida de pegar aquele caderno espiral de capa ensebada de tanto passar de mão. Às vezes ficava com uma ligeira impressão de que Camila sabia dessa sua ansiedade — e, pior, sabia do motivo da ansiedade — e por isso negava silenciosamente o direito de Tatá registrar suas respostas no caderno dela.

— Até que enfim...

Camila esboçou um sorriso comedido, arranjou meia dúzia de palavras numa desculpa qualquer e passou-lhe o caderno ensebado com uma recomendação:

— Não vá perdê-lo. É a melhor recordação que guardarei dos meus amigos.

Tatá folheou apressadamente o caderno, o suficiente para perceber que ele seria o último a responder. Depois dele não havia mais espaço para outra pessoa escrever, a não ser para lembranças, como queria Camila.

— Serei o último?

Camila, incomodada menos pela pergunta do que pelos olhos insistentes de Tatá, respondeu-lhe a primeira coisa que lhe veio na cabeça:

— Quem ri por último, ri melhor!

Foi assim, com jeito, com cara e gosto de "quem ri por último, ri melhor", que Tatá entrou no mundo, até então desconhecido, do caderno ensebado de respostas de Camila. Ela tinha dado a senha, cabia a ele, agora, penetrar com suas palavras no reino das ideias escolhidas por Camila. Para isso tinha tempo, ideias, vontade, linhas em branco e, sobretudo, muito sentimento.

Em casa, à noite, na mesa de fórmica branca da cozinha, Tatá espalhou o caderno, uma caneta de tinta vermelha e um imenso prazer de menino apaixonado. Tinha uma sensação de que aquele amontoado de palavras no caderno ensebado era mais do que aparentava, era algo próximo ao corpo e mente de Camila, um corpo dócil que ele poderia tocar, mexer, abrir, penetrar e, principalmente, gravar nele suas ideias e sentimentos.

Fez, pois, sua primeira excursão ao corpo dócil do caderno, folheando saborosamente, como se lambe gotas escorridas do sorvete, colhendo aqui e ali pérolas das recordações de Camila. Estava, na verdade, aquecendo sua vontade, sua ideia, seu sentimento. Tinha todo o tempo pela frente, limitado apenas pelo punhado de linhas em branco que apresentavam diante dele uma virgindade esperando seu parceiro.

Leu e releu, viu e sonhou. Tocou, pensou, sentiu e imaginou. Leu, releu, sonhou e rascunhou. Depois escreveu, depositando seu sentimento no receptáculo desejado, sem medo de errar, de mentir, de falar, de expor-se, de dizer bobagens e estripulias.

Foi assim que fez:

1- Qual o seu nome e idade?

Otávio Augusto de Oliveira Neto, que você conhece e chama de Tatá. Tatá para os amigos e para as pessoas especiais como você. São dezesseis anos, dois dos quais muito ligados na Camila que você é.

2. Endereço residencial. Escola onde estuda

Você sabe onde me encontrar, sempre saberá. É só chamar que eu ouvirei você em qualquer lugar onde esteja. O resto é informação desnecessária.

3. Coisas que você mais gosta
Gente. Gente como você.
Sorvete, bicicleta, moto, conversa fiada, cinema, música, viagem. Com você, todas essas coisas são mais gostosas!

4. Coisas que você menos gosta
Gente. Gente que tira você de perto de mim.
Gente que fala mal de você
Gente que fofoca de você.
Gente que não gosta de você.

5. Uma lembrança boa
Muitas. Uma em especial. Você chegando, cara assustada, olhos espantados, entrando na classe, sem conhecer ninguém, a aula já começando e você procurando uma carteira vazia, e veio prá perto de mim. Foi prá mim que você olhou primeiro e primeiro pediu ajuda. Se lembra do horário com as aulas da semana? Que você pegou emprestado de mim e copiou num caderno? Está guardado desde então comigo a sete chaves. Foi a primeira coisa que você tocou que eu guardei.

6. Uma lembrança ruim

Muitas. Todas as festas em que eu fui e você também e eu vi você dançando com um punhado de colegas, menos comigo. Todos os dias em que não vejo você. Todos os dias de aula em que não sobra jeito de conversar com você.

7. Um desejo

Você!

8. Um sonho

Nós dois!

9. Planos para o futuro

Você me ajuda?

10. Uma bronca

Não ser o único neste caderno.

11. Você tem namorada?

Tenho. Mas você ainda não sabe que é minha namorada.

12. **Vocês já se beijaram na boca?**

Não! Ah se eu pudesse...

13. **Vocês já transaram?**

Só em sonho. Num desses sonhos loucos, absurdos, que mais parecia clip da Armação, você estava flutuando, de roupa branca, sobre minha cama e, de repente, minha cabeça escapou do corpo e beijou você. Depois você desceu até a cama e amou meu corpo sem cabeça.

14. **Você quer deixar algum recado?**

Queria que você fosse minha como é esse caderno agora, que eu posso fazer com ele o que eu quero, que eu posso escrever nele o meu amor e ele aceita.

Leu o que escreveu. Leu e releu e pensou e imaginou e imaginou e desejou. Não havia escrito, afinal, tantas bobagens assim.

Foi dormir saboreando a enorme declaração de amor que acabara de fazer. Dormiu imaginando Camila lendo suas respostas.

No dia seguinte, deixou o caderno em casa, debaixo do travesseiro, como convém a todo bom guardador de tesouros, e foi para as aulas, para Camila.
— Já respondi.
— Já!? Então... cadê o caderno?
— Está em casa. Quero reler tudo pra ver se não tem nenhuma asneira e te entrego amanhã.
Nesse ínterim, o riso maroto do destino brincou.
Quando chegou em casa, Tatá foi atrás do caderno, para refazer suas energias. Não achou. Virou dez vezes o quarto e a casa pelo avesso e não achou. Foi então que, ah! triste e cruel destino!, perguntou à mãe pelo caderno.
— Aquele caderno todo sujo, cheio de orelhas?
— É esse mesmo, mãe!
— Eu joguei no lixo que o lixeiro recolheu esta manhã... Não sei por que você guarda essas porcarias rabiscadas...
— No lixo, mãe?
— É.
Tatá tentou apoiar-se no chão, mas não havia chão. Tentou sentar-se na cadeira, mas não havia cadeira. Tentou encontrar seu amor, mas não havia mais palavras. Por isso ninguém ouviu quando ele apenas conseguiu resmungar para dentro "quem ri por último, ri melhor".

Meleca

Você pode imaginar uma garota de mais ou menos quatorze anos, nem feia nem bonita, nem chata nem interessante, nem rica nem pobre, nem isso nem aquilo, nem fulana nem sicrana, com o insólito apelido de Meleca?

Pois é, se você não conseguiu imaginar porque acha que ela não existe, enganou-se. Enganou-se pois ela existe mesmo, desse jeito e com esse apelido. Claro que não é só assim; ela é muito mais que isso, mas isso dá uma boa ideia de como ela é. O apelido? Preciso explicar? Bem... o apelido fui eu quem colocou e, se te interessa saber, eu sou o irmão mais velho da Ritinha, ou melhor, da

Meleca. Meleca é Meleca porque a coisa que ela mais gosta de fazer é meter o dedo no nariz e caçar melecas teimosas. Ela, no entanto, tem opinião diferente da minha. Diz que não fica caçando meleca nenhuma e que botar o dedo no nariz é um tique, um hábito que tem quando está no mundo da lua. Eu até acredito; mas como ela gosta de ir para esse tal mundo da lua! Os astronautas que visitaram o mundo da lua devem ter voltado horrorizados de lá, tamanha deve ser a meleca.

Bem... você, que certamente não aprecia essa prática pouco social, embora necessária, deve estar pensando "cada louco com sua mania", ou então se perguntando, afinal, por que um cidadão se mete a escrever sobre a irmã e o apelido da irmã. Já vou explicar. Esse relato me foi passado por uma das colegas da Meleca. Vou contar como me foi contado.

"Era uma vez uma menina chamada Rita que tinha o apelido de Meleca por causa de... Essa menina estudava numa escola, cheia de outras meninas e outros meninos. Um dia apareceu na escola dessas meninas um menino vindo de outra cidade. Imediatamente ele ganhou o apelido de MGTT (Maior Gato de Todos os Tempos). Claro, o apelido só as meninas sabiam. Como não podia deixar de ser, a Meleca também encantou-se com o MGTT, o sonho de todas elas. Paparicado por todas, o MGTT não abria brecha especial para nenhuma delas. Na cabeça dela, o MGTT era verdadeiramente um sonho impossível. Como é que o maior gato de todos os tempos iria se interessar por uma garota de mais ou menos quatorze anos, nem feia nem bonita, nem chata nem interessante, nem rica nem pobre, nem isso nem aquilo, nem fulana nem sicrana? Inda por cima com esse apelido incômodo. E pra complicar, quantas e quantas vezes a Meleca, toda perdida

58

no mundo da lua, delícia das delícias, caçando melecas fantasiosas e sonhadoras, flagrou o MGTT de olho nela, olhando seu ofício de caçar melecas. Ato instantâneo os dois recuavam, ele recolhendo os olhos para outra direção e ela botando a mão num lugar qualquer onde houvesse espaços. Meleca entristecia-se com a sequência de vezes, até num mesmo dia, em que era apanhada pelo olhar indefinido do MGTT, ela no ofício de caçar melecas. Nunca conseguira perceber uma ponta de ironia ou de gozação nos bonitos olhos dele, mas sentia-se visivelmente incomodada e chateada quando flagrada. Chegara a tentar inúmeras vezes, sem sucesso, tirar da sua vida esse hábito tão estranho quanto gostoso, tão real e forte quanto libertador. Em vão. Virava e mexia, lá estava o dedo fazendo o serviço de gari.

Bem... a vida correu por aí, alguns meses sem que coisa alguma de diferente, especial ou interessante ocorresse na escola das meninas. Até aquela quarta-feira em que tudo mudou... E se você está pensando que a Meleca largou de repente o seu ofício, enganou-se. Aguarde um pouco, freie sua ansiedade que já te conto.

Naquela quarta-feira, ainda no recreio, entre as três primeiras aulas e as duas últimas, Meleca mais uma vez caçava melecas inexistentes quando, perdidona da silva no seu mundo da lua, sentiu que estava sendo vigiada pelos bonitos olhos do MGTT. E mais: sentiu que era um olhar interessado, por incrível que pareça. E mais: viu o MGTT abrir um sorriso apaixonador e vir ter com ela. Meleca quase sufocou-se quando aquele monumento, aquela obra de arte de beleza gatal, chegou perto dela e disse 'oi'. Era a primeira vez que o MGTT conversava com ela, assim dirigindo-lhe a palavra por iniciativa sua. O susto foi tão grande que, além do disparo incontrolável do coração, o dedo dela ficou grudado no nariz, como que preso numa meleca colante.

— Oi, Rita.

— Oi...

O 'oi' saiu meio melecado, fanhoso e ranhento, mas saiu.

— Você me desculpe, Rita, mas eu tenho olhado pra você com muita insistência.

— ...

— Não é por maldade, nem curiosidade, mas eu tenho visto que você tem um hábito.

Meleca ouvia, entre afobada, curiosa, insegura e atenta. O que quereria ele?

— Não fique aborrecida comigo. Não quero criticar você por isso. Queria apenas dar uma sugestão. Você aceita?

— Ãhh???

— Você aceita uma sugestão minha para acabar com esse seu hábito?

— Uma sugestão?

— É. Eu também já tive esse hábito.

— Você também!?!

— Eu também. E tem mais: durante um tempão também fui chamado de Meleca.

Meleca riu. Riu de mansinho, mas riu gostoso da informação dada pelo MGTT. Quem diria!! Ele também já tinha sido Meleca um dia!

— Você também já foi Meleca?

— Já, mas me curei.

— Como?

— Você quer saber mesmo?

— Claro que quero.

MGTT fez uma pose de arrebentar o coração de todas as meninas e explicou:

60

— Você precisa arrumar um amor.

No primeiro instante após a explicação Meleca ficou meio aturdida, sem entender direito. Pensou que fosse brincadeira do MGTT, mas ele tinha falado sério e continuava sério. Meleca articulou uma pergunta frouxa, a única que conseguiu:

— Por quê?

— Ora, Rita, porque a cura desse hábito só será mesmo possível com um amor.

— Amor? Amor assim de gostar de alguém?

— É. Assim mesmo.

— Bem... não sei.

— Pois é isso. Só um amor vai acabar com esse hábito. Eu sei disso porque foi assim que aconteceu comigo.

— Humm!! (Meleca percebeu que tinha tirado o dedo do nariz e prestava atenção à explicação do MGTT.)

— Se você quiser posso ajudá-la a encontrar um amor! Você quer?

— Se eu quero?

— É. Você quer?

— Quero, quero sim.

— O.K. Não vamos perder tempo!

A história quase termina aqui. Mas não termina. Não termina porque continuou. Eles marcaram vários encontros, nos lugares mais diferentes e esquisitos que se possa imaginar, procurando encontrar o amor para a Meleca. E tanto procuraram que acharam. Você imagina quem? Não? Se pensou no próprio MGTT acertou em cheio.

Depois dessa, a mania de se perder no mundo da lua sumiu, o hábito de caçar melecas inexistentes desapareceu, o apelido perdeu a razão de ser. No lugar de tudo isso apareceu o mais novo e único caso de amor entre duas melecas de que se tem notícia.

Quem negar que há amores que nascem de uma meleca não sabe, certamente, nada desta vida. Eu, como irmão mais velho de uma dessas melecas, estou aqui para comprovar a verdade dessa afirmação e desse fato.

Enfim, cada um tem a meleca que merece.

Revelação

Tinha tomado a decisão.
Foi assim que ele entrou na sala de aula naquele dia fatal. Durante seis meses — seis tormentosos meses — exercitara seu pensamento e sua emoção tentando imaginar, ou descobrir, qual a melhor maneira de se declarar a ela. Pensara em publicar uma mensagem cifrada no jornal da escola, mas desistira. Afinal, quem entenderia? Depois pensara em gastar um pouco de suas poucas economias anunciando num grande jornal. Até foi a um desses balcões de anúncios, mas desistiu quando viu o tamanico da declaração que seu dinheiro poderia comprar. Indignou-se com a descoberta: não há nos grandes jornais

63

espaço para os apaixonados pobres. Por telefone? Ela não tinha, estava sem. Também não se entusiasmou, pois achou que esse seria o jeito menos romântico possível. E ele queria um jeito romântico.

— Romântico, como um grande amor merece!

O amor era mesmo grande. E por isso ficara guardado durante meses e meses. Não tivera coragem de abrir o segredo com nenhum dos amigos. Imaginava a gozação, a brincadeira, a farra. Seria insuportável ficar na classe, assistir às aulas, se algum deles soubesse do seu tão bem guardado amor.

— Não é um amorzinho qualquer, não, desses que começam e acabam numa mesma festa, numa única noite.

Era para valer. Para demorar. Para sempre, talvez. Uma paixão que começara demorada e por partes. Primeiro fora pela voz dela. Macia como veludo novo. Gostava de ouvi-la falar e, quanto mais perto dele ela falava, mais se apaixonava. As palavras, os números e as ideias saíam como vindos do fundo do coração. Depois, os olhos. Não eram verdes nem azuis, como os das atrizes de tevê e manequins de revistas. Eram apenas pretos. Belamente pretos. Pareciam querer ver o mundo inteiro, de todo mundo, por seu par de olhos. Parecia descobrir telepaticamente em que as pessoas da classe pensavam. Uma vez quase o desarmara, quando sugeriu, de repente, flagrando-o no mundo da lua: "pensando no seu grande amor?". Ele se atrapalhara, sem resposta, e ela permanecera inteira, dona da brincadeira, deliciando-se com o sem-jeito dele. Depois da voz e dos olhos, descobriu os cabelos. E sonhou com eles tantas e quantas vezes seu sono atribulado permitiu. Sonhava com os cabelos dela roçando de leve suas faces. Em seguida, veio o sorriso. Depois as mãos, os dedos finos e as unhas de esmalte escuro. Finalmente apaixonou-se pelo corpo todo, por ela inteira. E aí a coisa ficou brava. Enquanto eram os olhos, os cabelos, o sorriso, as mãos, dava para esconder, guardar num pedacinho de vida qualquer, numa página de caderno ou livro. Mas quando ela inteira tomou conta do seu coração novo, desacostumado a essas emoções mais fortes, ficou mais difícil de aguentar. E foi um tal de ficar mal-humorado, de rejeitar conversas longas, de fugir das farras do grupo, de se atrapalhar com as aulas, notas e exercícios.

— É hoje ou nunca mais. No fim da aula ela vai saber do meu amor. Dê no que dê, ela vai saber.

Tinha, é verdade, um grande problema: a diferença de idade entre os dois. Ele era um molecão e ela uma mulher. Bem... as mulheres são mesmo assim, se desenvolvem e amadurecem mais depressa do que os homens. Sempre ouvira isso e teria esse detalhe a seu favor. Claro, imaginando que seu grande, bonito e romântico amor fosse correspondido.

— Isso não importa.

Tinha até procurado, e encontrado, algumas poesias de poetas famosos e não famosos que tratavam do assunto, amores descompassados de idade. E vivia dizendo que o amor não tem idade. Disse isso mesmo numa acalorada redação de Português em que narrou o amor de um jovem por uma mulher madura, texto terminado pelo clichê: "O amor não tem idade". Estava cheia de erros de ortografia e pontuação. A professora, insensível, classificara o trabalho do apaixonado escritor de "razoável" e inundara-o de riscos, cruzes e sinais indecifráveis.

— Ela não entenderia. Só quem vive um grande amor assim poderia escrever esquecido das regras gramaticais.

E inventou outro clichê: "O amor não conhece regras gramaticais".

Com essa ideia fixa, de declarar seu grande amor a ela, ensaiou várias formas de fazê-lo. Na frente da classe, a professora de Matemática mantinha o ritmo de sempre das aulas. O cálculo e o raciocínio, frios e seguros, dominavam a lousa, os cadernos, o ambiente. Respiravam números, cálculos, expressões. Pouco ligado nessa exercitação racional, porque decidido a se apresentar para sua amada, ensaiando, rabiscando, errando e refazendo, consumiu meia dúzia de folhas de seu caderno. Até chegar à versão definitiva.

— Assim está bom!

E falou "assim está bom" de tal forma satisfeito que não conseguiu segurar o volume da voz e a fala saiu fora do tom silencioso em que seus colegas estavam sintonizados à caça de uma solução para a engenhosa expressão algébrica que a professora colocara na lousa.

Por isso, tão somente por isso, foi antecipada a execução de seu plano.

Eliana, a professora de Matemática da sua turma, aproximou-se com seus belos olhos pretos, seus cabelos sonhados, suas mãos, seu sorriso, seu corpo inteiro, toda mulher, e pediu:

— Posso ver o que é isso, Bernardo?

Era agora ou nunca. Bernardo sentiu o coração ameaçar meter-se boca afora, desrespeitando todos os cálculos biológicos possíveis. Ele pegou o pedaço de papel onde registrara para ela, Eliana, sua paixão enorme, dobrou cuidadosamente e entregou-lhe sua emoção maior.

A professora abriu matematicamente mecânica o pedaço de papel e começou a ler. Um som estridente de campainha anunciou o final das aulas do dia. Os alunos foram levantando-se e barulhentamente deixando a sala vazia, a professora e o aluno apaixonado.

A revelação estava feita. Restava agora esperar a reação da professora.

— Não se esqueça de fazer a tarefa para amanhã, Bernardo — ela disse, depois dirigiu-se à mesa, apanhou seu material e saiu. Levou a revelação consigo.

Bernardo teve a impressão de que os olhos dela estavam mais belos do que antes e a voz mais suave. Pareceu-lhe ter ouvido o coração dela batendo mais acelerado.

Guardou a impressão e a ansiedade. Nas muitas aulas seguintes teria tempo e vez de sobra para certificar-se disso.

Impressão e Acabamento: Assahi Gráfica e Editora Ltda.